Claudia von Sternebeck

Madagaskar

Ein Segeldrama in dreizehn Akten

FSC
www.fsc.org
MIX
Papier aus verantwortungsvollen Quellen
Paper from responsible sources
FSC® C105338

ISBN 9783757860790
Herstellung und Verlag:
BoD - Books on Demand, Norderstedt

Für Christian

1

Larsson schreit. Warum auch nicht?
Schließlich hat ihm das Schreien bislang fast ausnahmslos Erfolge eingebracht. Schon von Kindesbeinen an als der Jüngste dreier Söhne von mit ihrem Erziehungsauftrag vollkommen überforderten Eltern. Später dann als die wohl anspruchsvollste pädagogische Herausforderung der Klassenlehrerin inmitten einer Schar braver Mitschüler der örtlichen Dorfschule. Anschließend wohl platziert an vorderster Front beim Militär und seit nunmehr fünfzehn Jahren im Job als freiberuflicher Skipper.
Allein die Ehe mit Ann-Kathrin hatte gerade mal knapp zwei Jahre gehalten, bis dieser endgültig der Geduldsfaden gerissen war, wortlos zwei Koffer gepackt und die gemeinsame Wohnung für immer verlassen hatte. Larsson hatte ihr vom Balkon aus noch etwas hinterhergebrüllt, das entfernt klang wie „Aber ich liebe dich doch!“ Das allerdings hatte die Scheidungspapiere, welche wenig später in seinem Briefkasten landeten, nicht im Entferntesten mehr beeindruckt.
Ann-Kathrin ist kein Einzelfall geblieben. Offenbar kommt das Schreien bei Frauen weniger gut an, denkt sich Larsson.
„Frauen und Bananen an Bord machen nichts als Ärger“, so hatte sein erster Trainer stets gebetsmühlenartig gepredigt und Larsson hatte dazu, wie auch zu allem anderen, was der wind- und

wassererprobte Alt-Matrose von sich gab, nur ehrfürchtig genickt.
Zwar hatte er nie wirklich verstanden, was es in diesem Kontext mit den Bananen auf sich hatte, doch dass Frauen ganz unzweifelhaft ein sicherer Garant für Probleme waren - und das nicht nur an Bord! - dessen war er sich zweifelsohne gewiss. Das andere Geschlecht hatte er daher weiträumig aus seinem Alltag entsorgt und sich angewöhnt, äußerst gut zu zahlen, wann immer ihn seine körperlichen Bedürfnisse zu übermannen drohten. Für angemessenes Salär willigten die Professionellen sogar wiederholt ein, sein Schreien zu erdulden. Wenngleich nur stundenweise.

Mehr durch Zufall entdeckt er Lundströms Anzeige während des morgendlichen Scrollens bei Kaffee und Kippe.

Skipper für privaten 10-tägigen Urlaubs-Törn inklusive Trainingseinheiten über Ostern 2023 von 3er Crew gesucht. Segelerfahrung sowie eigene Yacht vorhanden. Einzelkoje garantiert. Sehr gute Bezahlung!

Das Ganze bebildert mit acht Aufnahmen einer gepflegten Bavaria Cruiser 46 und ergänzt mit der Mobilnummer des Inserenten.

Wenngleich die Kurse der Surf- und Segelschule unten neben dem Hafen seit mehr als zwei Jahrzehnten gut laufen und von April bis zum Saisonende im Oktober stets ausgebucht sind, steigt Larsson allein schon beim Gedanken an das neuerliche Demonstrieren von Kreuz- und Achtknoten, den Ausführungen über das fachgerechte Trimmen von Großsegel und Fock sowie den zeitraubenden Erläuterungen von Am-, Halb-, Raum- und Vorwindkurs die Galle hoch. Seit gut zehn Jahren verdingt er sich bei Bosch und Wagner von Mai bis Oktober als festangestellter Segellehrer; ein Job, der mehr zu regelmäßigen Zahlungseingänge auf Larssons Konto denn zu seiner Erfüllung beiträgt. Angenehm sind einzig die der Segel-Theorie folgenden Praxiseinheiten, welche er – auf dem Gewässer mittig zwischen den mit jeweils zwei Schülern besetzten robusten Trainingsjollen in seinem Dinghi hockend - stets ohne Gebrauch des betriebseigenen Megaphons stimm- wie wortreich anleitet. Dort kann er außerdem, wenn er seine Schüler gerade mal nicht wegen ihrer diversen Vergehen bei den zu übenden Vorgängen des Wendens, Halsens und Mann-über-Bord-Manövers anbrüllt, gänzlich ungestört daddeln.

Larsson lechzt nach Tapetenwechsel. Gerade jetzt, kurz bevor die Saison wieder losgeht. Zudem kann er eine kleine Finanzspritze nach den mageren Wintermonaten neben dem ansonsten eher dürftigen Honorar bei Bosch und Wagner immer gut gebrauchen.

Er liest den Anzeigentext erneut, nimmt einen letzten Schluck des Kaffees, welcher zwischenzeitlich kalt geworden ist, verzieht angewidert sein Gesicht, zückt sein Smartphone und tippt:
„Habe Ihre Anzeige bezgl. *Skipper gesucht Ostern 2023* gelesen. Biete mehr als 25 Jahre Segelerfahrung plus div. Zertifikate und Referenzen unter www.pietlarsson.com. Bitte um RR für Weiteres."

Schon am darauffolgenden Abend werden sich Lundström und Larsson handelseinig. Das anvisierte Zeitfenster passt. 2000 € bar auf die Kralle würden die zehn Tage bringen. Leicht verdientes Geld, von dem nicht einmal das Finanzamt etwas erfahren muss. Nicht zu vergessen frei Kost und Logis an Bord plus – nach guter alter Seemannssitte – Freihaltung des Skippers auch hinsichtlich aller weiteren Kosten wie etwa für Restaurantbesuche, Hafengebühren, Treibstoff.
Larrson atmet auf, zieht die Mundwinkel fast unmerklich nach oben und schlägt die Arme unter. Alles in allem durchaus rosige Aussichten.

Am ersten Abend kippt er mit seiner frischgebackenen Crew in der Seglerkneipe unten am Anleger ein paar Bierchen und präsentiert sich selbst dabei ganz als der aufmerksame Dienstleister.

Die Zeiten hatten sich geändert und das Leben an Bord und auf See war Larssons Ansicht nach über die Jahre zusehends zu nicht viel mehr als einem eleganten Freizeitsport verkommen.

Damals hatte man ein Schiff oder ein Boot, heute besitzt man eine Yacht. Damals ging man zur See, heute bucht man einen Törn. Damals gingen nur die aufs Meer, welche den gehörigen Mumm dafür in den Knochen hatten.

Heute sind es jene, die über ausreichend behördlich vorgeschriebene Bootsführerscheine verfügen. Oder ausreichend Geld. Oder beides.

Damals fand man immer eine gute Flasche Rum oder etwas anderes Hochprozentiges an Bord. Heute tummelt sich eine illustre Schar Bio-Kräuterteebeutel in der Kombüse.

Früher kam der Kapitän gleich nach dem lieben Gott. Heute hält man sich einen Skipper wie andere einen Hund.

Niemand, das weiß Larsson nur zu gut, wirklich niemand engagiert heutzutage noch einen Kapitän - für welchen sich Larsson zweifelsohne nach wie vor hält. Der Skipper als wohlerzogener wie auch umfassend fachlich wie auch didaktisch geschulter Dienstleister hingegen ist eine durchaus willkommene, oft sogar

zwingend notwenige Modeerscheinung an Bord. Insbesondere bei jenen, die zwar über mehr als genug finanzielle Mittel für den weißen Luxussport, nicht aber über auch nur annähernd ebenso viel Knowhow auf See verfügen.
Und dennoch: ein Schiff ohne Käpt'n, das hatte er von seinem alten Trainer ebenfalls wieder und wieder eingebläut gekommen, beschert mindestens ebenso viel Ärger an Bord wie Bananen. Oder Frauen.

Lundström, Blomendahl und van Meulen kennen sich aus Studienzeiten und sind seitdem in enger Freundschaft verbunden. Mehrmals im Jahr gönnen sie sich seit Neuestem kleine Auszeiten von Job, Familie, Ehefrau. So waren sie in den letzten zwei Jahren bereits zusammen angeln, bergsteigen und zelten gewesen, hatten auch schon mal gemeinsam an einem ölreichen Ayurveda-Massagewochenende und einem Stille-Meditationsretreat in einem Kloster teilgenommen.
„Männerzeit", nennt Blomendahl diese kleinen Fluchten fernab aller Verpflichtungen feierlich, ergänzt lasziv: „...weil ich es mir wert bin!" und wirft dabei schwungvoll sein Blondhaar nach hinten, worauf Lundström und van Meulen ihre Gläser erheben und einander lächelnd zuprosten.
Larsson lauscht pflichtbewusst reihum den Wünschen und Erwartungen der drei Crewmitglieder an den bevorstehenden Törn und steuert zu alledem eine möglichst interessiert wirkende Miene bei. Bisweilen nickt er sogar wiederholt verständnisvoll und betont,

wie wichtig, ja wie unerlässlich doch die ehrliche wie direkte Kommunikation an Bord sei.
Später dann gibt er noch ein paar Anekdoten aus seinem abenteuerlichen Skipper-Leben zum Besten, lädt großzügig zur allerletzten Runde ein und mahnt alsdann zum zügigen Abmarsch in die Kojen. Schließlich wolle man ja die Gunst der frühen Stunde nicht gleich am ersten Tag auf See verschlafen.

Lundström, der Schiffseigner, dem die Bavaria kürzlich aus der Erbmasse seines verstorbenen Großonkels zugeschrieben worden ist, hört Larsson später noch an Deck telefonieren und mehrmals dazu die Zündung eines Feuerzeugs. Aha, ein heimlicher Raucher, denkt er und streckt sich in der geräumigen vorderen Koje der Länge nach aus.
Lundström wird er fordern müssen. Dem springt die Lust auf Abenteuer und Adrenalin ja förmlich aus sämtlichen Poren. Hat schon diverse Törns auf dem Buckel, ist auf Seemeilenjagd und liebäugelt mit dem Sportbootschifferschein, kurz SBF See, und dem Sportseeschifferschein, dem SSS, um später, wenn er seinen nervenzehrenden Job als Broker endlich an den Nagel gehängt hat, mit der *Amazone*, wie er die Bavaria zärtlich nennt, durch die Südsee zu schippern. Und Scheibenwaschen will er. Soll er haben. Spätestens wenn sie in den Belt einfahren, werden sie ordentlich Wind bekommen. Eingedenk der kraftvollen Sturmböen, welche sich zu dieser Jahreszeit gerne hinzugesellen. Die *Amazone* wird sogar bei zweifach gerefftem Großsegel reichlich Schräglage bekommen,

sodass die seitlichen Fenster der Yacht durchs Wasser gezogen werden und die Scheiben gehörig gewaschen werden. Nichts für Weicheier und zugleich immer wieder ein beeindruckendes Erlebnis: für die einen, um später damit vollmundig allerlei schillerndes Seemannsgarn zu spinnen; für die anderen, um eine Weile äußerst intensiven Kontakt mit der Bordtoilette, schwarzem Tee und Zwieback zu pflegen.

Blohmendahl und van Meulen liegen bereits in ihrer Doppelkabine. Larsson hört die beiden noch leise miteinander sprechen. Van Meulen mit seinem leuchtend roten Bart und dem kurzgeschorenen Schopf über kleinen, wachsamen Augen hinter der Nickelbrille, hatte den ganzen Abend vorwiegend schweigsam den Ausführungen der anderen gelauscht, dabei sein Bierglas so fest im Griff gehabt, dass die Knöchel weiß hervorgetreten waren. Besitzt seit über zehn Jahren eine eigene Yacht gemeinsam mit seinem Bruder; letzterer muss van Meulens Beschreibungen nach bereits unter Segeln zur Welt gekommen sein. Er selbst wolle vor allem mehr Sicherheit beim Trimmen der Segel und beim An- und Ablegen in Häfen gewinnen. Vorwiegend habe er bislang Winschen bedient, sich um die Leinenarbeit und um die Zubereitung der Mahlzeiten gekümmert. All das erledige er mittlerweile sogar recht anständig. Das habe sein Bruder ihm wiederholt versichert, hatte er mit leiser Stimme erklärt und dabei keinem seiner Tischnachbarn in die Augen geschaut.

Nur Larsson hatte zuversichtlich genickt und schwadroniert: „Kein Ding, das kriegen wir schon noch hin. Nach den zehn Tagen marschierst du breitbeinig mit schwankendem Gang und großem Grinsen von Bord. Dein Bruder wird sich umgucken!“ Dann hatte er mit dem aus ungläubigen und weitaufgerissenen Augen blickenden van Meulen kraftvoll abgeklatscht.

Allein Blomendahl kann er am allerwenigsten einschätzen. Groß, schlank, markante Züge bei perfekt getrimmtem Drei–Tage-Bart. Dazu diese langen rotblonden Haare, welche er oft zu einem sogenannten *Messy Bun* zusammengebunden trägt.
Typische Künstlermähne, denkt sich Larsson kopfschüttelnd. Zudem die auffällig hoch getragene aristokratische Nase in guter Gesellschaft mit einer die ganze Person einhüllenden Aura des Geheimnisvollen. Letzten Sommer erst habe er, Blomendahl, das Jollensegeln für sich entdeckt und sei davon nun völlig *geflasht*. Jetzt wolle er die nächst höhere Bootsklasse erkunden sowie das Leben an Bord und suche zudem Inspiration für seine Arbeit, welche er im ewigen Spiel von Wind und Wasser zu finden glaubt. Letzteres eine Formulierung, bei der Larsson am liebsten ausgespuckt hätte. Stattdessen hatte er nur einen großen Schluck aus seiner Bierflasche genommen, sich für die Ausführungen bedankt und mit ernster Miene versichert, dass Blomendahl da ganz gewiss auf seine Kosten kommen werde.
Diesen Typen wird er am besten gleich morgen für einige Stunden ans Steuer stellen, wenn sie den Belt mit

seinen Unterströmungen und den stürmischen Böen durchqueren und dann in quasi in letzter Sekunde selber das Ruder rumreißen, wenn sich Blomendahl dabei als das erweist, was Larsson befürchtet: als haltloser Träumer, der vom echten Segeln keinen blassen Schimmer hat.

Lundström hat zu Ende telefoniert und geraucht und kommt soeben die knarzenden Stufen des Niedergangs herunter, um erst im Bad und dann in seiner Einzelkoje zu verschwinden. Larsson zieht sich den Schlafsack bis weit übers Kinn, wirft noch einen allerletzten Blick aus dem Kojenfenster und lauscht in die Stille um sich herum. Klein Scheppern, kein Rucken. Nur in der Ferne klappern ein paar Wanten.

Die *Amazone* liegt wie ein Baby ruhig und sicher vertäut am Anleger und schaukelt sich mitsamt der Crew sanft in den Schlaf. Es wird ein guter Törn werden, sagt sich Larsson. Vielleicht sogar ein grandioser Törn. Auf jeden Fall aber ein echter Männertörn.

Jeden Tag wird er seiner Crew Tipps und Tricks aus seinem reichhaltigen Seglerrepertoire kredenzen. Damit hat er bislang schon jeden an Bord zu beeindrucken gewusst. Sein Trainer würde wieder einmal stolz auf ihn sein können. Spätestens mit dem Öffnen des ersten Anlegebiers dann wird Larsson außerdem täglich für seine nötige Entspannung sorgen. In Restaurants, in Kneipen, gelegentlich auch bei Netflix.

Und selbst wenn ihm auf der 14 Meter Yacht mal die Decke auf den Kopf fallen sollte: irgendwann geht jeder Törn auch mal zu Ende. Zehn Tage sind ja schließlich keine Weltumsegelung. Larsson grinst, schließt seine Augen und fällt zufrieden in wohlverdienten Schlaf.

3

Larsson hat sich bereits früh um 6:00 Uhr der Schiffsglocke bedient und den noch schlaftrunkenen Männern Katzenwäsche sowie ein knappes Frühstück verordnet. Zeitig wolle man aufbrechen, denn das Wetter sei günstig, um mit vollen Segeln durch den Belt zu ballern. Blauer Himmel, Sonnenschein, 14 Grad. Dazu konstante 5 Beaufort, gen Abend zunehmend 6-7. Für morgen sei dann Sturm angekündigt. Um 7:00 Uhr schon hatten sie die *Amazone* klar gemacht und als erste Yacht den Hafen verlassen.

„Anluven!", schreit wenig später Larsson, „Blomendahl, richtig an-luu-vven!!!" Blomendahl schaut den Skipper fragend an. „Ja, an- luu-ven!!!!", ruft der nochmals, "...und den Rest einfach den Wind machen lassen!"
Blomendahl stopft seine Haare, welche ihm wie wild um den Kopf fliegen, unter die gelbe Mütze und zieht die Augenbrauen hoch. Beide Segel killen im Wind und drohen, bereits im nächsten Moment einzufallen.
„Und wenn ich anluven sage, dann luven Sie gefälligst auch an, Blomendahl!", schreit Larsson erneut und baut sich mit seinen gestandenen 1,72 Metern vor dem Mann am Steuer auf. Lundström springt Blomendahl zur Seite und erklärt mit ruhiger Stimme: „Dreh das Steuer mal langsam nach rechts, bis der Wind in beide Segel greift, sodass sie sich nach links wölben; dann hältst du wieder Kurs. Entweder hier über den Kompass, da bleibst du mit der Nadel auf exakt 31

Grad oder du suchst dir eine stabile Orientierung an Land.“
Er zeigt zum Horizont.
“Siehst du die Reihe Windräder da hinten?“
Blomendahl nickt.
„Auf die hältst du zu. Und immer darauf achten, dass ausreichend Wind in die Segel fällt, ansonsten drehst du das Steuer wieder etwas mehr nach rechts in den Wind. Okay soweit?“
Blomendahl nickt erneut, kontrolliert nun stetig Fock und Großsegel, schaut dabei betont über Larsson hinweg und behält mit entschlossener Miene die rotierenden Windräder in der Ferne im Blick. Lundström hockt sich hinter Blomendahl ins Heck auf den roten Ballfender und zieht sehnsuchtsvoll an einer Zigarette, die Augen hinter seiner dunklen Sonnenbrille verschanzt.
„Noch jemand Kaffee?“, fragt van Meulen in die entstandene Stille hinein. Alle schütteln stumm die Köpfe.
Larsson ist sich unschlüssig, ob er das, was da soeben geschehen ist, gut finden soll. Allerdings manövriert Blomendahl Crew und Material nun nicht mehr ständig in eine Patenthalse, sagt er sich achselzuckend und steigt hinunter in den Salon, um den Wetterbericht zu kontrollieren. Und sich nicht gleich am ersten Tag allzu sehr aufzuregen.

„Der Wind wird auffrischen, wenn wir in zirka einer Stunde zwischen den Inseln durch die mit roten und grünen Tonnen bewehrte schmale Fahrrinne fahren. Die Wassertiefe beträgt dort meist nicht viel mehr als 4,20 Meter. Rechts und links davon oft nur die Hälfte. Hinzu kommt eine kräftige Strömung, die versuchen wird, die *Amazone* wegzudrücken. Und zwar mitten hinein in den meterdicken Schlick, aus dem man nur noch mit einem Schlepper rauskommt, sobald man sich einmal dort hineinmanövriert hat!“, verkündet der Skipper nach seinen Recherchen lautstark und schaut dabei prüfend in die ernsten Gesichter seiner Crew.
„Van Meulen, Tonnenfahren können Sie doch, nicht wahr?!“ Der reißt die Augen auf, schüttelt heftig den Kopf und hebt abwehrend beide Hände. Larsson schürzt die Lippen und schaut hinüber zu Lundström, dessen Augen er hinter der dunklen Sonnenbrille nicht erkennen kann.
Der nickt, versichert knapp: „Kein Ding. Kann ich machen“ und löst den nun erleichtert aufatmenden Blomendahl am Steuer ab.

„Die Strömung“, schreit Larsson über die Köpfe der drei Männer hinweg mit großer Geste in den Wind, „die Strömung ist zwischen den Inseln nicht zu unterschätzen. Man hat das Gefühl, auf einem Teppich zu stehen, welcher einem unter den Füßen kraftvoll und stetig weggezogen wird. Da muss gegengehalten werden, Männer! Mit Konzentration und Präzision immer schön mittig zwischen den roten und grünen Tonnen fahren.“

Lundström nickt erneut und hält wenig später auf das erste Paar Tonnen zu. Er macht seine Sache gut und manövriert die *Amazone* ganze vier Seemeilen souverän durch die enge Passage.
Kurz vor Erreichen des Hafens reißt ihm Larsson unvermittelt das Steuer aus der Hand und tönt: „Der Hafen ist tückisch. Wie ein altes Weib. Nix für Anfänger!“ Daraufhin lässt er den Motor aufbrummen und befiehlt: „Lundström, beide Segel einholen und Leinen zum Festmachen vorbereiten! Van Meulen und Blomendahl, ringsum alle Fender raushängen! Der Ballfender kommt vorn an den Anker!“
Wortlos machen sich die Männer ans Werk, während die *Amazone* um die Mole herum in den Hafen einfährt.
„Das ist kein Webeleinsteg“, brüllt Larrson, der Blomendahl beim Befestigen der ovalen dickbauchigen, schwarzen Fender an der Reling genauestens beobachtet. Der verdreht seine Augen zum Himmel, presst die Lippen aufeinander und seufzt leise. Van Meulen springt ihm zur Seite. Fender aushängen, das kann er! Und zeigt Blomendahl, wie er den Seemannskoten fachgerecht zu knüpfen hat. Larsson nickt van Meulen mit Daumen hoch anerkennend zu und hält anschließend Ausschau nach einem Gästeliegeplatz.
Da! An Pier Acht entdeckt er eine grün markierte Box zwischen vier Pfählen und steuert darauf zu.
„Van Meulen und Lundström, klar zum Festmachen?“, schreit er.

„Is klar“ pariert Lundström betont lässig unter der Sonnenbrille, schiebt den imaginären Hut nach hinten, stellt ein Bein aus und hält die Mittelleine lassogleich zum Wurf parat.
Nur Blomendahl weiß nicht recht wohin mit sich, vergräbt beide Hände in den Hosentaschen und schaut zu. Der Wind hat nochmals zugelegt und schaukelt die *Amazone* munter hin und her. „Mittelleinen um die Winschen!“, brüllt Larrson. Blomendahl reißt die Augenbrauen hoch und zeigt fragend auf sich.
„Ja, Sie sind gemeint! Die beiden schwarzen Leinen!! Da herum!!!“ Mit ausgestrecktem Zeigefinger zeigt der Skipper heftig nickend auf zwei silberglänzende Konstruktionen, die Blomendahl an etwas zu groß geratene Spulen erinnern. Er beginnt zu wickeln.
Schon wieder schreit es hinter ihm: „Im Uhr-zeiger-sinn!!! Immer im Uhr-zeiger-sinn um die Winsch!!!“ Blomendahl verkneift sich nur knapp, zackig die Hacken zusammenzuschlagen und lauthals ein „Aye, aye!“ auszurufen, löst stattdessen die Leinen und beginnt, diese erneut um die Winsch zu wickeln. „Schneller! Das muss schnellen gehen!!!“, brüllt Larsson, reißt ihm die Leinen aus der Hand, hält beide in seiner Rechten, während er mit der Linken weiterhin das Steuer fest im Griff hat und fädelt damit die Amazone gekonnt wie Ben Hur seinen Triumphwagen zwischen die vier Anlegepfosten.
„Vorleine am Pier festmachen, Van Meulen!“, befiehlt er jetzt. Der steht startklar am Bug, die schwarze schwere Leine in seinen Händen. Wirft. Und verfehlt knapp den Pier.

„Gleich nochmal!“, ruft Larsson von Achtern. Doch das hat sich van Meulen auch schon gedacht, hievt die nun triefende Leine aus dem Wasser, lehnt sich damit erneut nach vorn Richtung Pier, diesmal etwas weiter. Allerdings ein Stückchen zu weit, denn schon verliert er auf dem durch Gischt feuchtgewordenen Deck die Balance, rutscht aus und stürzt mitsamt Vorleine kopfüber ins Hafenbecken.
Lundström grinst.
Blomendahl hält den Atem an.
Larsson schlägt die Hand vor die Augen. Seine Mundwinkel zucken. Er zählt bis drei.
Die Schweizer Nachbarn mit ihrer eleganten *Elan 430* springen engagiert hinzu und helfen dem Gestürzten, welcher die Leine immer noch tapfer einer Siegestrophäe gleich in seiner Rechten hält, zurück an Land. Zitternd befestigt der nun tropfnasse van Meulen mit gesenktem Blick die Vorleine an der Klampe. Larsson nickt den Schweizern dankbar zu, schaltet den Motor aus und verkündet fröhlich: „Anlegebier!“

4

Die Männer schlafen noch. Nach heißer Dusche für van Meulen und anschließendem Bier und Pizza für alle war es reichlich spät geworden gestern Abend. Blomendahl hatte sogar zu Larssons Entsetzen sein Akkordeon hervorgeholt, schwungvoll Seemannslieder angestimmt und Larsson hatte beschämt feststellen müssen, alle Texte, angefangen von *Auld long Syne* über *La Paloma* bis hin zu *What shall we do with a drunken sailor* problemlos mitsingen zu können.
Auch ein Relikt aus seinen ersten Segeljahren bei dem alten Trainer: Nach jedem Samstagstraining hatte dieser jeweils drei Seemannslieder von seinen jugendlichen Eleven absingen lassen. Für Larssons damals 13-jähriges Ich, dem gerade der Stimmbruch mit voller Wucht ins Leben geknallt war, ein einziges Grauen.
Doch was soll's? Den drei Männern gestern hat es gefallen. Sogar van Meulen, der mit einem samtig-warmen, volltönenden Bariton überraschte, hatte engagiert mit eingestimmt.

Larsson schaut bereits munter aus dem Kojenfenster. Dann auf sein Handy: 5:30 Uhr. Gleich wird er Laufen gehen. Und schwimmen. Wie jeden Morgen. Bei jedem Wetter. Zu jeder Jahreszeit. Schon als Jugendlicher war er stets einer der ersten gewesen beim Neujahrsschwimmen am 1. Januar, beim Anschwimmen am 1. April und beim Abschwimmen am 30. Oktober eines jeden Jahres.

Allesamt öffentliche Events mit Tradition, welche immer in einem großen Besäufnis mit Dosenbier und reichlich Aquavit geendet hatten.
Schon springt er auf, streift Shirt, Hoodie, Jogginghose, Socken, Schuhe und Mütze über, tritt in seine Laufschuhe und anschließend durch den Salon hinaus aufs Deck.
Wolkenfetzen jagen einander über einen ansonsten stahlblauen Himmel. Die Wellen draußen auf dem offenen Meer jenseits der schützenden Hafenmauer zieren Kämme mit bemerkenswerter Gischt. Es ist stürmisch. Die Luft frisch, klar, kühl. Larsson saugt sie tief in seine Lungen. Läuft los.
Zuerst über den Pier, dann den schmalen Sandweg entlang hinüber zum Strand mit den kleinen bunten Badehäuschen, welche die Touristen jedes Jahr aufs Neue mit vielen *Ooohs* und *Aaaahs* als beliebte Kulisse für ihre Fotoshootings wählen. Larsson joggt locker seine zwanzig Minuten oberhalb des Badestrands durch die Dünen, sprintet anschließend hinunter zum Strand, entledigt sich rasch seiner Kleidung, hüpft einige Male wie ein wild gewordener Hampelmann auf und ab, trommelt sich kraftvoll auf die Brust, schreit auf, als rufe er zur Schlacht und prescht mit hocherhobenen Armen mitten hinein in die Wellen. Taucht dort drei Mal unter, brüllt nochmals aus Leibeskräften, macht in dem gerade mal 12 Grad warmen Wasser ein paar hastige Züge und rennt sodann in Riesenschritten zurück zu seinem noch warmen Kleiderhaufen.

Kurz später sieht man ihn fröhlich grinsend ins Dorf traben. Beim Bäcker genehmigt er sich einen ersten Kaffee, überschlägt die Tageszeitung, welche nicht viel Neues außer den üblichen Wetter-, Umwelt- und Finanzkatastrophen bereithält. Und natürlich Putin, den Despoten, und seinen unerhörten Angriff auf die Ukraine und wie man ihn nun mit vereinten Kräften und noch mehr Waffen final in die Knie zwingen will. Larsson schüttelt den Kopf, zahlt und kehrt mit einer großen Tüte frischer Brötchen zurück zu Crew und Yacht.

„Wir werden nicht raus können heute. Der Wind ist zu stark. Der Wetterbericht prognostiziert 7 Beaufort mit stürmischen Böen. Tendenz steigend“, verkündet Larsson, wischt ein paar Brötchenkrümel von der Tischplatte und winkt die Männer näher zu sich heran, damit sie einen Blick auf sein Tablet und die dort dargestellte Wind- und Wettervorhersage für den heutigen Tag werfen können. Larsson erläutert im Weiteren die sich ständig bewegenden Pfeile und Linien und die Bedeutung der verschiedenen farbig dargestellten Flächen auf der Karte seines Bildschirms. „Allerdings sind wir hier im Hafen durch die Mole und die Landerhebung der Insel etwas geschützt. Zudem ist um diese Jahreszeit der Hafen glücklicherweise noch recht leer. Und der Hafenmeister ein alter Kumpel von mir. Eine prima Gelegenheit also für: HAFENMANÖVER!“, ruft der Skipper abschließend freudig aus und schlägt van Meulen dabei schwungvoll auf die Schulter.

Der ist heute noch etwas blasser als sonst. Ein dicker blauer Schal ziert seinen Hals, Nase und Augen sind leicht gerötet. Er nippt am Tee, hustet und versucht ein kleines Lächeln. Und von einem wohlklingenden *Ein Wind weht von Süd und zieht mich hinaus auf See* ist heute weit und breit nichts zu vernehmen.
Larrson klatscht aufmunternd in beide Hände, wirft einen kurzen Blick auf seine Armbanduhr, trommelt zum Aufbruch: "In exakt vierzig Minuten!" und schreitet anschließend zum Hafenmeister auf einen kurzen morgendlichen Klönschnack. Van Meulen macht sich am Abwasch zu schaffen, Blomendahl und Lundström ergreifen ihre Kulturbeutel, nehmen den Müll mit und traben gemeinsam hinüber zum Waschhaus.

„Wenn das so weiter geht, bringe ich ihn noch um", verkündet Blomendahl düster, den Blick geradeaus aufs Pflaster geheftet. Lundström grinst, nickt und kommentiert singend: „*... und jeden Tag ging einer über Bord. A-hoi!*"
Blomendahl lacht auf. Zum ersten Mal an diesem Tag.
„Dabei ist Larsson gut. Sehr gut sogar", bemerkt Lundström, „hat echt was drauf als Skipper. Das Brüllen", er räuspert sich, "nun ja, ist schon ziemlich gewöhnungsbedürftig. Allerdings habe ich bislang kaum einen Skipper erlebt, der nicht brüllt. Und die Leute herumzukommandieren, gehört offenbar auch zum Berufsethos".
Er zündet sich eine Zigarette an.

„Mag ja sein, dass Larsson was draufhat. Seine Erfahrung als Skipper zweifle ich auch gar nicht an. Wie auch? Ich, als blutiger Anfänger! Aber warum brüllt der denn, selbst wenn ich direkt neben ihm stehe?“, will Blomendahl wissen und schüttelt dabei verständnislos seine Mähne.

„Keine Ahnung“, meint Lundström, „hat vielleicht was mit dem Wind zu tun, gegen den er anzuschreien versucht?“ Blomendahl lacht: „Ich bitte dich: im Salon?! Bei geschlossenen Türen und wenn er direkt neben dir sitzt?!“

Lundström zuckt die Schultern und stößt eine Wolke blauen Rauchs aus. „Ehrlich gesagt: ich weiß es nicht. Das Brüllen blende ich einfach weitestgehend aus. Auch diesen nervigen Kommandoton. Wenn du mich fragst: Konzentriere dich ausschließlich auf die Inhalte und vergiss die Form. Und wenn`s dir zu blöd wird, geh mit mir eine rauchen“

Er hält Blomendahl eine geöffnete Schachtel Benson und Hedges hin. Der winkt lächelnd dankend ab.

„Nimm‘ s einfach nicht persönlich, Ansgar, dann lässt sich das schon ein paar Tage aushalten. Machen wir einfach das Beste draus“, beschließt Lundström, tritt seine Kippe aus und verschwindet unter der Dusche.

5

„Hafenmanöver, Männer, das bedeutet im Detail: Wenden auf engem Raum, Rückwärtsfahren und Stoppen; alles natürlich unter Motorantrieb. Ein beliebtes Trainingsmanöver in Häfen. Gefürchtet bei Starkwind, in Prüfungen und von allen, die übermäßige Angst um ihre Millionen-Yacht und die der anderen antreibt. Wir üben zudem heute das seitliche Anlegen am Pier. Später dann auch in der Box. Wer will als Erster? Nicht drängeln, alle kommen dran!“, doziert Larsson lautstark. Van Meulen hockt zusammengekauert im Cockpit und starrt in seine Teetasse. Blomendahl und Lundström haben die Arme untergeschlagen und hören dem Skipper mit eingefrorenen Mienen zu. Dann tritt Lundström vor und hinters Steuer, schaltet die Elektrik ein und lässt den Motor aufbrummen. Larsson nickt anerkennend und erläutert: „Im Grunde ist Wenden kinderleicht: Sie schauen erstmal, wo Sie ausreichend Platz haben, befördern die Yacht genau dorthin, drehen dann das Steuer bis zum Anschlag und halten es dort wie einbetoniert. Dann einkuppeln und Gas geben. Kurze, harte Stöße. Ein-, zwei-, maximal dreimal. Der Bug dreht dabei durch den Wind und ab einem gewissen Punkt erledigt den Rest der Wind für Sie. Werden Sie merken, wenn es soweit ist. Verstanden?“

Die drei nicken.

Lundström fährt ein Stück vor, dreht das Steuer bis zum Anschlag, gibt Gas und wendet die *Amazone*

gekonnt 2, 3 Male um ihre eigene Achse. Larsson hebt beide Daumen und kommandiert: “Uuund Wechsel!“ Blomendahl schüttelt den Kopf, winkt ab.
„Van Meulen, das ist Ihre Chance, Ihrem Bruder zukünftig zu zeigen, was für ein Teufelskerl in Ihnen steckt!“, schreit Larsson und schaut den Rothaarigen ermutigend an. Der schwankt mehr zum Steuer als dass er geht und wird dort von Larsson mit einem Ritterschlag empfangen.
„Gut so. Immer ran an die Buletten! Und ein-schla-gen!“ Van Meulen dreht das Steuer nach rechts.
„Erst gucken, dann handeln!“, brüllt ihm Larsson direkt ins Ohr. „Wenn Sie hier bereits nach rechts wenden, hauen Sie mit dem Arsch der *Amazone* den nächsten Pfahl um!“ und zeigt auf die aus dem Hafenbecken hoch aufragende rot-weiße Markierung hinter ihnen. Van Meulen schaut fragend auf Larsson.
„Platz!“, ruft der aus, „Sie brauchen mehr Platz, van Meulen! Eine 14-Meter-Yacht passt nun mal nicht in einen Schuhkarton! Also: Gang einlegen und ein paar Meter ins Hafenbecken einfahren!“
Van Meulens Unterkiefer zittert verdächtig. Zaghaft legt er den ersten Gang ein. Larsson reißt ihm die Hand weg. „Niemals, niemals durchs Steuer greifen! Das kostet Sie im Ernstfall den ganzen Arm!!“, brüllt er und schwenkt van Meulens Arm über das Steuer vor zum Gashebel.
„Und jetzt mehr Gas!“, kommandiert er. Van Meulen sucht hilflos Lundströms Blick, doch der macht sich gerade an Feuerzeug und Zigarette zu schaffen.

Blomendahl hat seine Kapuze bis tief über beide Augen gezogen, den Mund zu einem Strich.
„Und ein-schla-gen!“, schreit Larsson und klatscht zu jeder Wortsilbe in beide Hände.
Van Meulen dreht am Rad.
„Ganz rum! Bis zum Anschlag, van Meulen!“
Larsson greift ins Steuer und reißt es mit aller Kraft herum. „Richtig Gas geben!“
Van Meulen drückt den Gashebel nach vorn.
„Mehr, van Meulen! Zwei, drei schöne, kurze, harte Stöße!“, befiehlt Larsson und bewegt dabei seine Hüften rhythmisch vor und zurück.
Blomendahl verdreht die Augen.
Lundström stößt hustend eine Wolke Rauch aus.
Van Meulen rollen Tränen über die Wangen, welche er hastig wegzuwischen versucht.
„Na, na!“, ruft Larsson,“ klappt doch für‘ n Anfang schon ganz prima!“ und tätschelt seinem Steuermann die Schulter.
„Am besten gleich nochmal!“
Van Meulens Kiefer mahlen. Grimmig dreht er nun das Steuer herum, gibt Gas und wendet die *Amazone* ein weiteres Mal. Blomendahl und Lundström johlen begeistert auf und reißen ihre Arme nach oben. Van Meulen winkt ab und verschwindet wortlos schnellen Schrittes in der Kajüte.
Die Männer schauen sich fragend wortlos an.
Selbst Larsson fehlen sekundenlang die Worte.
Allein die *Amazone* tuckert vergnügt sich hin.

„Und jetzt: Anlegen!“, ruft Larsson kurz darauf fröhlich aus, „Ebenfalls ein Kinderspiel, wenn man den Bogen einmal raushat!“
Er winkt Lundström ans Steuer, beordert Blomendahl an die Mittelleine und befiehlt: „Wenn Ihr Kollege Sie an einen der Pfosten gefahren hat, legen Sie gefälligst die Mittelleine drumherum. Nicht in der Gegend nach den hübschen Badehäuschen Ausschau halten, sondern konzentriert bei der Sache bleiben und umgehend handeln, verstanden?“
Blomendahl nickt, tritt an die Reling und hält die schwarze Leine wurfbereit. Lundström fährt langsam vor, legt an und Blomendahl wirft im rechten Moment. Larsson befestig rasch Vor- und Achterleine und verkündet: “Wie Sie sehen: alles kinderleicht! Der nächste, bitte!“
Blomendahl ist sich unschlüssig, doch Lundström zwinkert ihm ermutigend zu, worauf er vortritt, das Steuer mit beiden Händen umfasst, umsichtig ablegt, wendet und die *Amazone* anschließend sanft an den Pier heranfährt. Lundström grinst breit.
Larson nickt anerkennend. „Heimlich geübt, Blomendahl?!“ Der zuckt nur leicht die Schultern, murmelt mehr zu sich selbst: „Naturtalent“ und dann etwas lauter: „Ich geh mal runter nach van Meulen schauen“ Dann übergibt er das Steuer an Lundström.

6

Van Meulen liegt in der Koje und hat sich seinen Schlafsack bis weit über den Kopf gezogen. Nur ein kleines Büschel seines Rothaars lugt noch darunter hervor. Blomendahl setzt sich zu ihm auf die Matratze, schüttelt ihn sanft an der Schulter und versucht es mit einem freundschaftlichen:
„Hey Seemann, what's up?"
Keine Reaktion. Nur ein lautes Schniefen ist zu vernehmen.
„Komm, Claas," versucht es Blomendahl erneut, „lass dich von Larsson nicht unterkriegen. Du hast deine Sache doch gut gemacht. Sehr gut sogar!"
Van Meulen reißt sich mit einem Ruck den Schlafsack bis hinunter auf die Brust und schnaubt mit vor Wut gerötetem Gesicht: „Ich hab' die Faxen dicke, Ansgar! Zuhause hängt mit Sophie und den Kindern seit Mona-ten schon der Haussegen schief. Um im Job? Auch nix als Stress. Tagein, tagaus! Ich bin einfach am Limit."
Er lässt die Schultern fallen und vergräbt sein Gesicht in beiden Händen.
„Die zehn Tage mit euch waren seit Wochen DER Lichtblick für mich. Und jetzt das hier: Dauerstress mit Skipper Larsson. Welcher Vollidiot hat den eigentlich engagiert?! Der ist ja schlimmer als mein Bruder!", ruft er aus und schnaubt geräuschvoll in sein Taschentuch.
Blomendahl seufzt.
„Claas, ich find's auch schwierig mit Larsson. Keine Frage. Sogar Jasper ist angenervt, steckt's aber irgendwie weg. Mann, ich hab' mich auch auf den

gemeinsamen Törn gefreut. Zudem haben wir alle ordentlich hingeblättert. Einfach viel zu viel, um jetzt bereits aufzugeben."

Van Meulen schaut ihn aus verweinten Augen an.

„Was schlägst du vor? Willst du mit dem da oben etwa reden?!" Sein ausgestreckter Zeigefinger deutet ins Cockpit über ihnen.

„Es muss ja nicht gleich Gewaltfreie Kommunikation nach Rosenberg sein, aber ein ehrliches Wort von Mann zu Mann sollten wir unbedingt versuchen", meint Blomendahl.

Das Dröhnen des Dieselmotors erstirbt. Kurz später klopft Lundström an, betritt die Koje und verkündet: „Larsson hat für heute Landgang angeordnet. Wir werden später Orkanböen bekommen, meint er. Keiner fährt mehr raus. Viel zu gefährlich. Selbst für Hafenmanöver."

Die drei schauen sich fragend an.

Blomendahl ergreift als erster das Wort: „Vielleicht ist das nicht das Schlechteste im Moment. Ein bisschen Entspannung, sich mal die Beine vertreten. Etwas Abstand gewinnen und alle Fünfe grade sein lassen. Das wird uns guttun. Schließlich haben wir Urlaub und müssen hier auch nicht 24 Stunden aufeinander hocken."

Van Meulen schnäuzt sich erneut geräuschvoll die Nase. „Cool, dann lasst uns doch mal den Ort erkunden. Hab ihn gerade ergoogelt. Soll total schön sein hier. Klein, pittoresk, mit niedrigen reetgedeckten, bunten Häuschen, Kopfsteinpflaster, Cafés, Hafenkneipe.

Sogar eine kleine Sauna gibt es. Gar nicht weit von hier und direkt am Strand…“, schlägt Lundström vor.
Larsson hat die *Amazone* derweil mit zwei zusätzlichen Leinen am Pier gesichert und prüft ein weiteres Mal die Position der Fender.
„Nur zu“, antwortet er knapp, als die drei Männer wenig später an Deck treten, ihren Plan verkünden und kurz darauf dem kleinen Ort zustreben. Er selbst verspürt wenig Lust, den Touristenort, welcher er von vergangenen Törns bereits in- und auswendig kennt, ein weiteres Mal abzulaufen. Auch die Aussicht, die entblößten Qualitäten seiner Crew im Adamskostüm zu erkunden, lässt ihn reichlich kalt. So winkt er dankend ab, als Blomendahl ihn einlädt, doch mitzukommen.
Stattdessen zieht er die Sprayhood hoch, befestigt diese an den Klemmen rechts und links und resümiert für sich das bisherige Training. Im Grunde läuft doch alles prima. Lundström sieht er bereits als strahlenden Skipper und sogar Blomendahl erweist sich gar nicht als derart unfähig, wie es anfangs zu befürchten war. Allein die tränenreiche Anwesenheit van Meulens fängt bereits jetzt an, ihm gehörig auf die Nerven zu gehen.
„Einen Heuler“, und es war allen klar, dass damit nicht diese süßen, kleinen Seehundbabys gemeint waren, „einen Heuler hat man eh immer mit an Bord“, hatte Larssons Trainer damals wiederholt verlauten und anschließend seinen kritisch-prüfenden Blick über die Schar seiner Segelschüler schweifen lassen.

Larsson hatte dann immer leicht den Kopf eingezogen und sich möglichst hinter seinem Bruder versteckt.
Jetzt streift er seine Handschuhe ab, zieht Rettungsweste und Ölzeug aus und beschließt feierlich, es sich heute einmal so richtig gut gehen zu lassen. Mit einem schönen, knusprigen Broiler vom Hafenkiosk und einem richtig guten Tropfen, welchen er sich von zu Hause mitgebracht hat.
Und dann ist Netflix-time! Mit Kopfhörern versteht sich. Den Männern wird er später einfach erzählen, dass er noch wichtige Vorbereitungen für den kommenden Tag treffen müsse und dafür unbedingt ein paar Stunden ungestörte Ruhe benötige. Larsson grinst und freut sich auf einen gelungenen Abend ganz nach seinem Geschmack.

7

„Ich schick unserem Käpt'n mal `ne SMS und frag ihn, ob er noch herkommen und mit uns Essengehen will." Blomendahl bleibt stehen, zückt sein Handy und beginnt zu tippen. Van Meulen reißt ihm das Gerät aus der Hand. „Das ist jetzt nicht dein Ernst! Ich beginne gerade mal, mich ansatzweise wohlzufühlen und zu entspannen. Und du?! Hast nichts Besseres im Sinn, als diesen ollen Brüllaffen herbeizuzitieren!" Kopfschüttelnd wirft er Blomendahl einen verständnislosen Blick zu.

Sie hatten den kleinen Ort umrundet, die reetgedeckten Häuschen ausgiebig bewundert, einige Fotos geschossen und sich gefragt, was es wohl mit den vielen weißen Porzellanhunden auf sich hat, welche die Fensterbänke fast jeden zweiten Hauses zierten. Hatten auch der Hafenkneipe, welche um diese Jahreszeit noch oder schon geschlossen war, einen kurzen Besuch abgestattet und waren dann zurück in den Ort gelaufen, um sich nach den Zutaten für van Meulens vielfach gerühmtes Fischcurry umzusehen. Doch der einzige Supermarkt im Ort war seit gut einer halben Stunde geschlossen, hatte ihnen eine ältere Dame versichert, die stolz ihren Königspudel spazieren führte. Nur eine Pizzeria, ein Irish Pub und ein kleines Restaurant, welches lokale Spezialitäten anpries, standen noch zur Option fürs Abendessen.

Blomendahl schaut Lundström fragend an.
„Was meinst du denn dazu?"
„Keine Ahnung", antwortet der, „Larsson explizit auszugrenzen ist vielleicht nicht so klug. Schließlich haben wir ihn ja engagiert. Könnte sogar voll nach hinten losgehen. Und mit wirklich schlechter Laune will ich den nicht unbedingt erleben..."
Blomendahl nickt, ordert sein Handy zurück, beginnt wieder zu tippen und meint abschließend: „Vielleicht hat Larsson ja gar keine Lust auf einen gemeinsamen Abend."
Van Meulen lässt die Schultern hängen.
Lundströms Feuerzeug klickt.
Blomendahl verkündet: „Versendet!"

Derweil inspizieren sie die Speisekarten der drei Lokale und entscheiden sich einhellig für das Spezialitätenrestaurant, durch dessen Fenster sie kleine, mit blütenweißen Tischtüchern bedeckte Tische, funkelnde Gläser und behaglichen Kerzenschein erspähen. Ein riesiges hölzernes Steuerrad ziert die mächtige Eingangstür. *Zum Klabautermann* steht darüber in wackligen Lettern geschrieben.
„Er kommt nicht mit", verkündet Blomendahl, als sie drinnen an einem der Tische Platz genommen haben. „Muss Vorbereitungen treffen für morgen. Wünscht uns aber viel Spaß."
Van Meulen atmet auf.
Lundström zuckt die Schultern.
Blomendahl verlangt nach der Speisekarte.

Speckscholle mit Petersilienkartoffel und Dillgurken für van Meulen, Dorschfilet an Tomaten-Fenchelgratin mit einer feinen Senfsoße für Blomendahl und flambierter Fischtopf nach Art des Hauses für Lundström sowie je drei halbe frisch Gezapfte lassen den hungrigen und durstigen Männern das Wasser im Munde zusammenlaufen.

Das Essen ist vorzüglich. Die Männer langen ordentlich zu und lehnen sich wenig später satt, glücklich und mit zufriedenen Gesichtern auf ihren Stühlen zurück. Das angebotene Dessert verneinen sie: „Keinen Millimeter Platz mehr!“ Lachend zeigen sie auf ihre nun deutlich vorgewölbten Bäuche. Die Wirtin nickt verständnisvoll und kommt wenig später mit einer kleinen irdenen Flasche und drei Schnapsgläsern zurück.

„Unser Verdauungsschnaps aus der hauseigenen Destille. Mit Inselkräutern nach einem geheimen Rezept gebrannt“, verkündet sie stolz und schenkt den Männern ein. Sie ist es auch, die auf Blomendahls Frage hin das Geheimnis der Porzellanhunde auflöst.

Es handle sich dabei um einen uralten örtlichen Brauch, welcher seit Jahrhunderten schon einen stabilen Inselfrieden gewährleiste. Ist der Ehemann auf See, sorgt die Frau des Hauses unmittelbar dafür, dass die Hunde aus dem Fenster schauen. Dann darf der Liebhaber das Haus betreten. Drehen sie allerdings dem Fenster ihre Rückseite zu, sei der geschätzte Gatte zugegen und der Liebhaber habe sich fernzuhalten, legt ihnen die Wirtin mit verschmitzter Miene dar.

Die Hunde gäbe es übrigens im Gemischtwarenhandel gleich um die Ecke paarweise zu kaufen.

Van Meulen hatte sich eigentlich fest vorgenommen, den beiden Freunden an diesem Abend zu verkünden, unter den gegebenen Umständen den Törn schon am nächsten Tag für sich zu beenden und von Bord zu gehen. Er kann einfach derzeit keinen weiteren Stress ertragen, ohne mit treffsicherer Zielgenauigkeit in einem erneuten Burnout zu landen. Dass Larsson ihn in seinem ganzen Gebaren andauernd an seinen in jeglicher Hinsicht ach so erfolgreichen Bruder erinnert, gibt ihm den Rest.
Doch der Abend hat vollkommen andere Pläne mit van Meulen. Aus einem Schnaps werden urplötzlich drei. Und mehr. Und als die Wirtin eine CD mit Shantys auflegt und die vier älteren Herrschaften am Nebentisch mit zu summen beginnen, greift Blomendahl beherzt in die Tasten des hauseigenen Schifferklaviers, auf welches er schon den ganzen Abend ein Auge geworfen hat.
Und van Meulen? Sieht sich selbst wie am seidenen Faden gezogen mit einem Mal aufstehen, sodann die Schultern straffen, seine Rechte aufs Herz legen und schlussendlich mit seiner wohltönenden Stimme die ersten Takte des *Hamborger Veermasters* anstimmen. Sogleich fallen die beiden Freunde ein und wenig später auch schon die Wirtin mitsamt ihrer rotwangigen Küchencrew, letztere mit langen Schürzen und hohen Kochmützen bewehrt, und bei

„*...there is plenty of gold, so I've been told, on the Banks of Sacramento!*", singt bereits der ganze Saal.
Van Meulens Wangen glühen, die Gäste an den anderen Tischen applaudieren ihm frenetisch zu und verlangen: „Zu-ga-be! Zu-ga- be!! Zu-ga-be!!!"

Erst lange nach Mitternacht verlassen die drei Männer fröhlich, einander untergehakt und mit deutlich schwankendem Gang das Restaurant.
„Und wenn ich anluvn sage, dann mein ich anluvn!", lallt van Meulen und tippt Blomendahl bei jedem einzelnen Wort in die Brust. Der kichert und pariert devot mit einem „Jawoll, Herr Kapitän!!"
„Kennt ihr diese alte Bierwerbung, wo ein kleiner Matrose und ein großer mit Kapitänsmütze nebeneinanderstehen?", fällt Lundström ein. Die beiden anderen schütteln ihre Köpfe. „Der Kleine schaut neidvoll zu der Kapitänsmütze des anderen hoch und meint: *Die Mütze, die hätt' ich auch gern. Dann wär' ich der Kapitän.* Darauf sein Kollege: *Mit der Mütze hat das nichts zu tun. Das ist eine Frage von Ausstrahlung...ich sag mal Charisma.* Dann glotzen beide nachdenklich in die Kamera und öffnen mit einem Plopp ihre Bierflaschen."
Van Meulen prustet los und klopft sich auf die Schenkel.
Blomendahl bricht in wieherndes Gelächter aus und hält sich an van Meulen fest.
Lundström grinst zufrieden.

„Charisma!“, lallt van Meulen, „der is jut. Merk ich mir!“ Und Blomendahl kommentiert: “Leute, und genau das is‘ es, was unsern Larsson so einzigartig macht: sein atemberaubendes Charisma!“ Worauf sich alle drei erneut vor Lachen ausschütteln.

Dann stolpern sie mehr als dass sie gehen kichernd durch die mondbeschienene Nacht hinunter zum Hafen.

„Männa, nun ma‘ imma schön mit Konzentraschon und Präzischon mittich bleibn!“, kommandiert Blomendahl mit schwerer Zunge die beiden anderen, welche andauernd vom Weg abzukommen drohen, was diese mit einem genuschelten „Aye, aye, Sir!“ erwidern. Blomendahl bittet um Contenance, schaut in die Weite, wirft sich in die Brust und verkündet mit großer Geste: „Das Meer is wie n wildes Weib. Schwer su bändign. Nix für Anfänga!“, und gibt Lundström einen beherzten Schubs, woraufhin dieser fast vom Pier fällt. Van Meulen wiehert vor Lachen.

„Und Sie, van Meuln, trinkn gefälligs das nächste Mal mehr von diesem Zielwassa, bevor Sie die Vorleine werfn, verstandn?!“, mahnt Blomendahl und schaut den Rothaarigen dabei ebenso beschwörend wie breit grinsend an.

Unter vielen „Pssscht!“ und „Leise!“ erreichen sie schließlich die *Amazone* und helfen einander mit unterdrücktem Gelächter an Deck. Larssons Tür ist bereits fest verschlossen. Sie bemühen sich vergeblich, keinen Krach zu machen, stolpern noch mindestens eine gute Stunde über ganz fies und urplötzlich im Weg stehende Schuhe, Tischkanten und Mülleiner, kämpfen voller Inbrunst mit widerspenstigen Zahnpastatuben im Bad und anschließend mit den Reißverschlüssen ihrer Schlafsäcke, bis sie schließlich zufrieden glucksend in ihre Kojen fallen.

Van Meulen singt seinen Bettnachbarn leise mit *„... ja, wenn das Schifferklavier an Bord erklingt, ja, dann sind die Matrosen so still, ja so still“,* in den Schlaf und kann schon nach wenigen Takten Blomendahls tiefes, gleichmäßiges Atmen und wenig später sein imposantes Schnarchen vernehmen.

Noch eine kleine Weile liegt er selbst mit entspanntem Lächeln da und bestaunt durch das Kojenfenster hindurch den unendlich weiten, nachtklaren Himmel voller Millionen und Abermillionen hell funkelnder Sterne.

Und kurz bevor auch ihm die Augen zufallen, sagt er sich zuversichtlich, dass es vielleicht doch noch ein ganz schöner Törn werden könnte. Auch für ihn. Er wird sich einfach vermehrt auf seine zwei Freunde konzentrieren. Dem Skipper, wenn überhaupt, nur noch in Bezug auf die vermittelten Inhalte Aufmerksamkeit schenken und alles andere, genau wie Lundström, einfach an sich abprallen lassen.

8

Er atmet stoßweise. Sein eigenes Herz kann er heftig pochend in der Brust fühlen. Er öffnet seine Augen. Wieder einmal hat er diesen seltsamen Traum gehabt. Mit seinem alten Kumpel Sören war er um die Häuser seiner Stadt gezogen, bis dieser ihn in ein leerstehendes hohes Haus gelockt und ein mit rotem Samt ausgekleidetes Zimmer dirigiert hatte. Sören hatte sich dort auf dem riesigen Kingsize-Bett, dem einzigen Möbelstück im Raum, lasziv ausgestreckt und ihn, Larsson, dabei fragend angeblickt. Er selbst war vollkommen verwirrt gewesen. Hatte deutlich gespürt, dass etwas von ihm erwartet wurde zu tun oder zu sagen. Und zugleich keinen blassen Schimmer gehabt, was genau das hatte sein sollen. Dann hatte sich eine Tür geöffnet und ein älterer Herr in Frack und Zylinder war zu ihnen getreten. An dessen Adlergesicht mit der hervortretenden Nase und den durchdringenden Augen kann sich Larsson noch besonders gut entsinnen. Und wie ihn sogleich ein unheilvolles Schaudern überkommen war. Im nächsten Moment schon hatte sich der Herr, ohne den Blick von Larsson anzuwenden, einen riesigen schwarzen Handschuh übergestreift, um sodann mit ausgestreckter Hand nach ihm zu greifen. Als Larsson voller Panik bereits die krallenartigen Finger um seinen Hals spüren konnte, hatte er noch einen letzten hilfesuchenden Blick zu dem nun vollkommen unbeteiligt wirkenden Freund auf dem Bett geworfen, um dann im nächsten Moment schon schweißgebadet aufzuwachen.

Jetzt schüttelt er seinen Kopf, wie um die Schreckensbilder damit loswerden zu können. Ein Fehler. Der Rioja von gestern Abend hat Spuren hinterlassen. Kopfschütteln kommt jetzt erstmal gar nicht gut. Er reibt sich die Augen. Träume sind Schäume, das hatte seine Mutter früher immer gesagt. Doch die immense Angst, welche er weiterhin mehr als deutlich bis in seine Haarspitzen hinein spürt, kann über diesen allzu unzureichenden Versuch einer Traumdeutung nur verächtlich schmunzeln.
„Komm schon", sagt sich Larsson aufmunternd, „ein Profi-Skipper kennt doch keine Angst", und zieht sich mit entschiedener Geste die Kopfhörer, mit welchen er gestern irgendwann eingeschlafen war, von den Ohren. Öffnet sodann den Schlafsack und schwingt beide Beine aus dem Bett.
Ein erfrischendes Bad wird ihm guttun. Und vor allem helfen, diese verhassten Traumbilder zu verdrängen.

Er lauscht in den Raum um sich herum. Es ist vollkommen still. Der Wind hat sich gelegt und zeigt sich heute im Gewand einer äußerst sanften Brise. Die Amazone schaukelt fast unmerklich in dem kleinen Hafenbecken hin und her. Larsson schlingt sich ein Handtuch um die Hüften und macht sich auf den Weg nach draußen. Die See liegt vollkommen still. Testend taucht er einen Zeh ins Wasser.
Und erschaudert. Warum sich unbewegtes Wasser immer so viel kälter anfühlt als bewegtes, ist ein Phänomen, das ihm noch niemand wirklich hatte erklären können.

Noch nicht einmal sein alter Trainer.
Larsson atmet kraftvoll ein, hält kurz die Luft an und lasst diese anschließend mit einem langen Pffffff entweichen. Wiederholt die ganze Prozedur noch drei Male und spürt, wie wohlige Wärme und zugleich auch etwas Entspannung in seinen gesamten Körper zurückkehren. Dann klappt er die Badeleiter aus und steigt vorsichtig in das kühle Nass. Die Kälte verschlägt ihm den Atem. Er macht fünf, sechs hastige Züge und klettert rasch zitternd zurück an Bord.
Ihm ist kalt. Nicht nur äußerlich. Er streift seine Laufsachen über und entscheidet sich für eine heute lediglich kurze Runde, um alsbald beim Bäcker auf einen richtig starken, heißen Kaffee einzukehren.

„Schietwetter!“, begrüßt ihn die junge Verkäuferin beim Hereintreten. Larsson nickt. „Wie immer?“, will sie wissen. Er nickt erneut. Für verbale Kommunikation ist es ihm heute eindeutig noch viel zu früh. Stumm dankend greift er nach dem dampfenden Kaffeebecher, gibt Milch und Zucker hinzu und nimmt einen Stehplatz am Fenster ein.
Ohne, dass sein Blick an etwas Nennenswertem hängenbleibt, durchstreift Larsson die Tageszeitung. Der Wetterbericht kündigt Regen an. Und schlappe 3 Beaufort. Stiere werden heute und morgen vor unerwartete Herausforderungen gestellt und sollten unbedingt einen kühlen Kopf bewahren, mahnt sein Horoskop. Larsson seufzt. Na toll.
Er faltet die Zeitung zusammen und schaut aus dem Fenster. Wie hasst er diese hilflose, schwächliche Seite

an sich, die stets ausgerechnet dann die Bühne betritt, wenn er sie am allerwenigsten erwartet und gebrauchen kann. Diesen scheuen, niedergedrückten, verletzlichen Teil seiner Selbst, den er eigentlich schon vor Jahrzehnten und punktgenau mit dem Beginn seiner Karriere als Skipper für immer hinter sich gelassen zu haben geglaubt hatte.

Er blickt mitten hinein in das unendliche Grau eines Himmels, welcher soeben sämtliche Schleusen öffnet. Dieser bekloppte Traum mit dem Adlermann, welcher ihn seit Jahren wieder und wieder erbarmungslos und ohne jegliche Vorwarnung hart an die Kandare nimmt, hat irgendetwas mit dem labilen Teil seiner selbst zu tun, da ist er sich ganz sicher. Nur was?

Alle Dinge, Menschen und Ereignisse im nächtlichen Traum sind lediglich Projektionen und damit Teil und Ausdruck der Persönlichkeit des Träumers, das hatte ihm Ann-Kathrin, seine Ex, damals mal am Küchentisch nahegelegt. Ann-Kathrin, die diplomierte Psychologin, die hinter jeglichem menschlichen Gebaren eine Bedeutung sehen wollte. Und berufsbedingt auch musste.

Aha, denkt sich Larsson jetzt, ich also als schwarzer Handschuh, als Kingsize-Bett, als roter Samt und Adlergesicht. Ganz großes Kino.

Er zuckt die Schultern. So kommt er nicht weiter.

Er steht auf, zahlt, wünscht noch einen schönen Tag und läuft durch den strömenden Regen zurück zum Hafen.

9

Der Duft von Rührei, gebratenem Speck, Toast und Espresso schlägt ihm beim Öffnen des Niedergangs entgegen. Ein Räucherstäbchen qualmt dazu meditativ vor sich hin und hüllt die gesamte Kajüte in eine betörende Wolke aus Patchouli. Crosby, Stills und Nash intonieren mehrstimmig irgendwas von *Wasted on the way.* Seine Crew begrüßt ihn fröhlich und mit einem „Moin, Skipper! Na? Gut geschlafen?“
Larsson nickt, murmelt etwas Unverständliches, verschwindet kurz in seiner Koje und kehrt wenig später in Jeans und Sweater zurück.
„*There is so much water running underneath the bridge, let the water come and carry us away-ay*“, singen van Meulen, Blomendahl und Lundström nun wie einstudiert dreistimmig zum Song auf der CD mit und schauen Larsson anschließend erwartungsvoll an, als der sich zu ihnen an den Tisch setzt.
„Nett“, kommentiert er und lässt sich Rührei, Speck und Toast auftun. Aus dem Lautsprecher ertönt soeben die einstündige Version des *Om mani padme hum* von Deva Premal und Miten. Larsson stöhnt innerlich auf.
Die drei Männer plaudern fröhlich und lassen den gestrigen Abend nochmals Revue passieren.
Was Larsson denn Schönes gemacht habe, erkundigt sich Blomendahl anschließend.
„Gearbeitet“, lässt der zwischen zwei Schlucken Orangensaft verlauten.

Lundström zieht die Augenbraunen hoch.
Van Meulen summt leise das Mantra mit.
Blomendahl räuspert sich.
„Piet", beginnt letzterer. Larsson schaut überrascht auf. So hat ihn schon seit Jahren niemand mehr genannt. Zuletzt, so glaubt er, seine Mutter. Also damals, als sie noch lebte.
„Piet", setzt Blomendahl erneut an, „wir müssen reden!"
Ich fass es nicht, denkt Larsson. Den Beginn solcher Gespräche kennt er. Ihren Ausgang auch. Dass Blomendahl urplötzlich ins vertrauliche *Du* übergewechselt ist, scheint hier niemanden weiter groß zu irritieren.
„Wir Vier sind sehr unterschiedlich", fährt Blomendahl behutsam fort. „Vier Individuen auf ein paar wenigen Quadratmetern zusammengewürfelt. Jeder hat so seinen Stil, seine Marotten und auch Empfindlichkeiten. Du weißt, was ich meine?" Er schaut Larsson fragend an. Der zuckt nur kurz die Schultern und hält ausdruckslos Blomendahls Blick stand.
Der hebt erneut an: „Wir Drei machen hier ja auch Urlaub. Wollen natürlich dabei so viel wie möglich übers Segeln lernen und finden es ganz toll, was du so alles draufhast."
Larsson wischt sich über die Augen, dann übers Haar, was ihm nun seitlich über den Ohren etwas absteht. Blomendahl räuspert sich und ergänzt etwas gedehnt: „Es ist mitnichten der Inhalt, den du präsentierst.

Es ist eher die Art und Weise, mit der du dein Wissen vermittelst, welche für uns drei etwas problematisch ist."
Larsson runzelt die Stirn.
Van Meulen begutachtet ausgiebig seinen Frühstücksteller.
Lundström lässt den Blick über den Tisch wandern, als suche er dort nach etwas Bestimmtem.

Larsson spießt sich ein Stückchen Tomate auf die Gabel und lässt sie zwischen seinen Lippen verschwinden. Er kaut und schweigt. Was soll er auch groß sagen? Verschieden sind sie. Ohne Zweifel. Und er ist als Skipper grandios. Was sonst?! Urlaub wollen sie? Bitteschön, nur zu! Er versteht diese seltsame Inszenierung ganz und gar nicht.
Die drei Männer schauen sich kurz an, dann setzt Blomendahl neu an: „Piet, wir wollen einfach auch eine tolle entspannte Zeit hier an Bord haben. Am liebsten zusammen mit dir. Es klingt jetzt vielleicht vollkommen bescheuert, aber…", Blomendahl lässt eine kleine Pause entstehen. Larsson horcht auf.
„…aber könntest du dir vorstellen, einfach etwas freundlicher zu uns zu sein? Weniger schreien und so?", Blomendahl sucht erneut Larsson Blick und schaut diesen nun bittend an. Larsson schluckt. Für Freundlichkeit wird man im Allgemeinen nicht bezahlt, kommentiert er still für sich. Aber bitte, wenn's die Herren glücklich macht. Jetzt schaut er auf und Blomendahl direkt in die Augen.

“Klar doch, wann soll‘s denn losgehen?“, will er wissen. Blomendahl atmet erleichtert auf.
„Mit der Lautstärke ist das allerdings so `ne Sache...“, fährt Larsson fort. „Ich muss schon sicher gehen, dass mich alle hören, vor allem draußen auf See. Auch bei 7 Beaufort. Sie haben mich hier zum ordentlichen Schiffsführer bestimmt. Damit trage ich alleinige Verantwortung für Yacht und Mannschaft. Auch wenn mal was daneben gehen sollte. Das ist nicht auf die allzu leichte Schulter zu nehmen!“
Lundström nickt zustimmend und presst die Lippen aufeinander. Seine Geschwister würden ihn vierteilen, wenn er die *Amazone* gleich beim ersten Törn zu Bruch fahren würde.
Van Meulen schließt stumm die Marmeladengläser und deckt auch schon mal die Butter ab.
Blomendahl lässt seinen Blick kurz aus dem Salonfenster in die Ferne schweifen, wie um dort bei Marshall Rosenberg persönlich Tipps für den weiteren Gesprächsverlauf einholen zu können.
„Ich weiß, und es ist echt klasse, dass du die Verantwortung übernimmst. Vielleicht aber können wir den Törn insgesamt mehr als Team gestalten. Eher so basisdemokratisch...“, versucht Blomendahl erneut.
Basisdemokratie an Bord! So ein hirnverbrannter Unsinn! Sein alter Trainer würde jetzt schallend loslachen und Larsson selbst am liebsten umgehend aufstehen und gehen. „Was genau stellen Sie sich da vor?“, fragt er stattdessen betont gelassen.

„Na, du könntest uns zum Beispiel mehr einbeziehen in deine Planungen. Das Checken des Wetterberichts und das Führen des Logbuchs könnte auch mal einer von uns übernehmen“, führt Blomendahl aus und schaut Zustimmung suchend in die Runde. Van Meulen und Lundström nicken. Larsson atmet schwer. “Schwierig“, kommentiert er. „Wind und Wasserkraft sind nicht zu unterschätzen. Wenn wirklich mal was passiert, ist ein korrekt geführtes Logbuch Gold wert. Hat schon so manchen vor Insolvenz, einige sogar vor schwedischen Gardinen bewahrt.“

Blomendahl schaut wieder aus dem Kojenfenster. Von Rosenberg ist weit und breit nichts zu sehen.

Larsson spürt unangenehme Enge in seinem Hals aufsteigen.

Van Meulen stiert vor sich hin.

Lundström eilt zur Hilfe.

„Aber auf einen freundlichen Umgangston und eine Spur mehr Teamplay können wir uns doch einigen?“, fasst er zusammen, nervös nach Zigaretten und Feuerzeug Ausschau haltend. Larsson nickt. Aber nur, weil ihm nicht viel anderes übrigbleibt. Dienstleister eben. Blomendahl lächelt dankbar und atmet erleichtert auf. „Mögen alle Wesen glücklich sein“, beschließt er das Gespräch und legt versöhnlich seine Hand auf Larssons, welchem sogleich Brechreiz überkommt. Noch sechs Tage, sagt der sich. Nur noch sechs Tage.

10

Eine gute Stunde später laufen sie bei leichtem Nieselregen aus und steuern die nächst größere Stadt am Festland an. Sie werden Lebensmittel einkaufen müssen. Die Vorräte gehen sichtlich zur Neige. Zudem benötigen sie allerlei Zutaten für van Meulens legendäres Fischcurry.

Als Teambuildingmaßnahme steht heute Abend außerdem gemeinschaftliches Kochen auf dem Plan. Blomendahls Idee.

Larsson ist weitaus stiller als sonst. Das Engegefühl um seinen Hals von heute Nacht ist geblieben. Die Männer summen heiter *Heart of Gold* von Neil Young, dem alten Kiffer. Larsson verdreht die Augen. Er steht mit Ölzeug im Cockpit, hat sich eine weitere Tasse Kaffee genehmigt und Lundström das Kommando überlassen. Der steuert die *Amazone* souverän entlang des schon nahen Küstenstreifens. Sollen sie doch alleine weiterfahren, denkt sich Larsson kurz. Das vereinbarte Gehalt ist ihm zu Beginn des Törns bereits cash ausgehändigt worden.

Etwas unprofessionell zwar, aber er könnte ja einfach, während die Männer einkaufen gehen, mit seinen Siebensachen auf Nimmerwiedersehen von Bord gehen und dem basisdemokratischen Haufen damit ein für alle Mal den Rücken zukehren.

Der Regen nimmt an Stärke zu.
Die Männer verstummen.
Auch das *Heart of Gold* hat vor den Fluten, welche nun aus dichten Wolken niederprasseln, Reißaus genommen und sich ein trockenes Plätzchen gesucht.

In Larssons Innerem beginnt es langsam gefährlich zu brodeln. Warum müssen eigentlich jetzt alle nass werden, fragt er sich. Ist das etwa auch ein Ergebnis dieser neuen Basisdemokratie hier an Bord?! Er schaut kritisch in die Runde. Van Meulen startet soeben den vergeblichen Versuch, den Regen mit ausgebreiteten Händen von seiner Jeans fernzuhalten, während die beiden anderen längst komplett in Ölzeug eingehüllt sind. Der Regen peitscht nun allen mit voller Wucht in die Gesichter. Van Meulen verschwindet unter Deck. Larsson hält es nicht mehr aus: "Gehen Sie doch auch beide nach unten, ich übernehme hier oben", verkündet er und ergreift das Steuer.
Van Meulen kommt wenig später als einziger wieder hoch und setzt sich ins Cockpit. Eine Regenhose bedeckt nun seine Beinkleider. Larsson schwillt bei van Meulens Anblick der Kamm. Was will dieser Esel hier oben, fragt er sich. Etwa Regentropfen zählen?!?
„Gehen Sie runter ins Trockene, van Meulen. Das vorn kommt noch mehr Regen", ruft er ihm jetzt zu. Doch der rührt sich nicht von der Stelle. Larsson ist kurz vorm Platzen. Scheiß auf die Basisdemokratie, sagt er sich, niemanden ist damit gedient, wenn wir hier alle später vollkommen durchnässt und mit einer fetten Erkältung abhängen.

„Van Meulen, runter mit Ihnen zu den anderen!“, befiehlt er barsch und denkt bei sich, ein Käpt'n trägt schließlich auch Verantwortung für das physische Wohl seiner Mannschaft.
Da hebt van Meulen seinen Kopf und schaut Larsson völlig unvermittelt ins Gesicht. Larsson kann ein unheimliches Glitzern in den Augen des anderen entdecken. Und einen Ausdruck, welcher ihm sogleich die Eiseskälte den Rücken hinaufkriechen lässt. Van Meulen hält fortgesetzt Larssons Blick stand. Sekunden später schaut Letzterer weg. Van Meulen tritt vor, schiebt auch sein Kinn etwas nach vorn, bedeutet Larsson mit kleiner aber entschiedener Geste zur Seite zu treten und ergreift mit beiden Händen das Steuer.
Bar jeglicher Worte schaut Larsson noch eine Weile durch den nun strömenden Regen hinaus aufs Meer. Atmen tut er kaum noch. Dann verschwindet auch er im schützenden Bauch der *Amazone*.

11

Als die kleine Küstenstadt mit ihrer Anlegestelle in Sicht kommt, lenkt van Meulen die *Amazone* mit sicherer Hand seitlich heran und Blomendahl und Lundström befestigen wenig später gekonnt Vor-, Mittel- und Achterleine an drei dicken Pollern am Pier. Für Larsson ist das Aushängen der Fender geblieben.
Mit Einkaufstaschen und einer langen Einkaufliste bewehrt steht die Crew wenig später abmarschbereit an Deck. Ob sie ihm etwas mitbringen sollen, fragt Lundström den Skipper. Der verneint kopfschüttelnd. Er werde an Bord bleiben und für Ordnung sorgen. Um 17:30 Uhr wolle man wieder aufbrechen, denn dann öffne letztmals an diesem Tag die Hebebrücke, durch welche sie in die nächstliegende kleine Bucht einfahren und dort über Nacht vor Anker gehen werden. Die drei Männer nicken und verlassen die Yacht Richtung Stadtzentrum.
Larsson steht im Cockpit und zündet sich eine Zigarette an. Er inhaliert tief und stößt gedankenverloren den blauen Rauch aus. Den örtlichen Bahnhof kann er von hier aus bereits erkennen. In weniger als 20 Minuten hätte er seine Habseligkeiten zusammengepackt und könnte einfach von Bord gehen. Ein verlockender Gedanke. Verlockender jedenfalls als eine basisdemokratische Nacht vor Anker mit ebensolchem Kochevent rund ums Fischcurry inklusive womöglich noch mehr Mantren und uralt Hippie-Songs aus den 70ern.

Bei einem privaten Törn auf Schwarzgeldbasis wird er zudem keine öffentliche Rezension befürchten müssen. Und was würde sein alter Trainer dazu sagen? „Kneifen is' nicht!"

Larsson hatte es geahnt.

Doch muss man wirklich jede noch so vertrackte Situation immer bis zum bitteren Ende aushalten, fragt er sich? Liegt es nicht in der vielbeschworenen Freiheit des menschlichen Geistes, manchmal einfach innezuhalten, eine frische, gänzlich neue Entscheidung zu treffen und im nächsten Moment schon beherzt vom bereits fahrenden Zug zu springen?

Man kann immer und jederzeit aufstehen und gehen, das war der Leitsatz seines Vaters gewesen, welcher eines Tages mit nicht viel mehr als einem Koffer, den großen schwarzen Familienregenschirm und einem Trenchcoat über dem Arm wortlos aus der Haustüre getreten war und eine fassungslose Frau mitsamt zweier Söhne zurückgelassen hatte.

Jahre später war eine Postkarte von ihm gekommen. Die einzige übrigens. Aus Paraguay. Oder Uruguay. Larsson wusste es nicht mehr so genau. Konnte sich nur noch an das farbenprächtige Foto auf der Vorderseite entsinnen. Ein stolzer Ara hatte darauf vorm Hintergrund eines in allen Grünschattierungen leuchtenden Urwalds gethront. Eine kurze Weile hatte die Karte an der Glasvitrine in der Küche in guter Gesellschaft all der anderen Postkarten von Freunden und Verwandten gehangen. Dann war sie eines Morgens plötzlich verschwunden gewesen.

Der kleine Piet hatte sie am selben Tag heimlich aus dem Altpapier gerettet und in seinen Schulbüchern versteckt. Um eben diese später dann, fünfzehnjährig, in Tausend kleine Schnipsel zu zerreißen und - nachdem er selbst sich darüber entleert hatte - der Toilettenspülung zu übergeben.
Aufstehen und einfach gehen, was für ein befreiender Gedanke, sagt sich Larsson und nimmt einen letzten Zug aus seiner Zigarette. Vielleicht hat sein Trainer ja doch nicht immer Recht. Und vielleicht war sein verschollener Vater weit mehr als lediglich dieses verachtungswürdige Arschloch, als welches der nach seinem Fortgang allgemeinhin in der Familie Larsson gegolten hatte.
Dann ersorgt er seine Kippe und macht sich daran, die restlichen Leinen ordnungsgemäß aufzuwickeln und zu verstauen.

12

„Der ändert sich ebenso wenig, wie ein Leopard die Farbe seines Fells wechselt“, stöhnt van Meulen, nachdem sie in dem gut sortierten Supermarkt die Zutaten fürs Abendessen und Verpflegung für weitere drei Tage eingekauft hatten und zur anschließenden Entspannung in einem gemütlichen kleinen Café unweit des Anlegers eingekehrt waren. Blomendahl schaut van Meulen fragend an. „Muss er ja auch nicht. Hauptsache, er hat begriffen, was ich ihm heute früh verklickert hat. Und den Rest...“

„...macht der Wind?“, fügt van Meulen an, lacht auf und schüttelt seinen Rotschopf. Lundström trommelt ungeduldig mit den Fingern auf der Tischplatte und meint: „Männer, dies ewige Diskutieren über Larsson bringt doch nichts. Lass uns heute Abend einfach mal einen richtig Gemütlichen machen. Und dann schauen wir, wie sich die Sache entwickelt. Schließlich ist der Törn gebucht und bezahlt.“

Van Meulen insistiert grimmig: „Für mich ist und bleibt Larsson eine einzige Zumutung. Daran wird auch das beste Fischcurry nichts ändern. Ich könnte ja morgen früh einfach rasch packen und von hier aus den ersten Zug zurück nach Hause nehmen. Ihr könntet dann zu dritt...“, er schlägt die Arme unter.

„Class, komm“, fällt ihm Blomendahl ins Wort, „Wär‘ doch echt schade. Das würdest du später bestimmt bereuen. Hau nicht ab. Lass uns nach einer anderen Lösung suchen!“

Lundström nickt und ergänzt: „Außerdem sind wir drei Freunde. Schon vergessen?! Ansgar und ich würden dich niemals einfach so gehen lassen. Wenn hier einer meine Yacht verlässt…“, er schaut auf und die beiden Freunde verschwörerisch an.
Die Männer fixieren einander sekundenlang wortlos.
Dann wirft Blomendahl einen Blick auf sein Handy, es ist bereits 17:10 Uhr. Er mahnt zum Aufbruch. Sie trinken aus, zahlen und traben, jeder in seine Gedanken verloren, mit ihren Einkäufen zurück an Bord.

Die kleine Meeresenge hinter der Hebebrücke hatten sie rasch passiert und waren wenig später in eine stille Bucht zwischen sanften Hügeln eingefahren. In der Ferne waren einige wenige Gehöfte zu erkennen gewesen. Rasch hatten sie Anker gelegt und sich schon bald ans gemeinschaftliche Kochen gemacht.
Es war alles in allem ein überraschend harmonischer Abend gewesen. Der Vollmond hatte sein silbrig schimmerndes Licht auf die kleine Bucht geworfen. Nur dann und wann war eine kleine Brise über das Gewässer hinweg gestrichen und hatte dessen Oberfläche sanft gekräuselt.
Lundström hatte ein paar Kerzen und Servietten gefunden und für alle im Cockpit festlich aufdeckt. Der verführerische Duft nach Curry, Kurkuma und Kokosmilch hatte ihnen schon lange, bevor sie endlich zu essen begonnen hatten, in den Nasen gekitzelt.

Allein Larsson hatte mit so viel Fernost herzlich wenig anzufangen gewusst, sich aber artig für das Essen bedankt, nochmals den Anker kontrolliert, dann allerseits eine gute Nacht gewünscht und sich zeitig in seine Koje verzogen.
Blomendahl, van Meulen und Lundström hatten noch lange unter dem Vollmond in dicke Decken gehüllt draußen gesessen, Wein getrunken und die Schönheit der sie umgebenden Natur bestaunt. Über Larsson hatte keiner mehr auch nur ein einziges Wort verloren.

13

Es beginnt gerade erst zu dämmern, als Larsson die Augen aufschlägt. Er fühlt Schwere und Müdigkeit in seinen Knochen. Ein weiterer Tag liegt vor ihm.

Er atmet aus. Dann steht er auf, tritt - lediglich mit einem Badehandtuch bedeckt - nach draußen.

Der Mond steht noch hoch am Himmel, während sich von Osten her langsam ein rosiger Himmelsstreifen Raum verschafft.

Auf das morgendliche Joggen wird Larsson heute wohl oder übel verzichten müssen. Die Luft ist kalt. Um die 8 Grad, schätzt er. Das Wasser würde es auf knapp 10 Grad bringen. Sie sind allein in der Bucht. Nur eine schwarz-weiß gefleckte Kuh grast unweit des nahen Ufers. Wenige Meter entfernt von ihr steht ein Mann mit Blick aufs Meer und einem Handy am Ohr.

Larrson lässt sein Handtuch fallen, kreist die Arme, atmet dabei kräftig ein und springt im nächsten Moment schon kopfüber ins kühle Nass.

Er greift beim Schwimmen tüchtig aus. Das Wasser ist kälter als er gedacht hatte. Immer auf den Atem fokussieren, sagt er sich. Immer auf den Atem fokussieren. Egal, was um dich herum passiert, hatte er mal beim Vortrag eines holländischen Eisbade-Freaks gehört. Und es funktioniert wirklich. Auch jetzt.

Larrson taucht nun vollständig unter Wasser und beginnt in gleichmäßigen Bewegungen zu kraulen.

In der vollkommen stillen Bucht hört er nicht sofort das Aufbrummen des Dieselmotors. Und anschließend auch das unverwechselbare Rasseln der Ankerkette, welche im Begriff ist, eingezogen zu werden. Erst Minuten später nimmt er die sich nun in steter Fortbewegung befindende und langsam dem offenen Meer zustrebende *Amazone* wahr.

„He!“, schreit er. „He! Was soll das?! Kommt sofort zurück!!!“, er schwimmt auf der Stelle, winkt mit beiden Armen und brüllt aus Leibeskräften. Van Meulen sieht er mit geradem Rücken am Steuer stehen und fröhlich zurückwinken, während Lundström und Blomendahl soeben mit vereinten Kräften das Großsegel hochziehen.

„He, ihr Sackratten! Was soll der Scheiß? Dreht sofort um! Sofort, sage ich! Das ist ein Befehl!!!“, schreit Larsson. Warum auch nicht? Schließlich hat ihm das Schreien ja bislang fast ausnahmslos Erfolge eingebracht. So hört man ihn auch vom Deck der Amazone noch eine ganze Weile lautstark krakeelen.

Mann und Kuh sind mittlerweile auf Larsson aufmerksam geworden und rufen dem Schwimmenden etwas zu.

Ein Wind weht von Süd und zieht die *Amazone* hinaus aufs Meer. Der Abstand zwischen Yacht und Schwimmer beträgt nun schon weit mehr als 150 Meter. Nicht mehr einzuholen, selbst für einen geübten Schwimmer wie Larsson.

Lundström grinst, zündet sich eine Zigarette an, stellt sich neben seinen Steuermann und lässt den Blick über

die Bucht schweifen. Hören konnten sie Larsson aus dieser Entfernung bereits nicht mehr.
„Klar zum Segel setzen?“, fragt van Meulen seine Mannschaft. „Is klar, Käpt‘n!“, parieren Lundström und Blomendahl und machen sich vergnügt an die Arbeit.
„*Wir lagen vor Madagaskar und hatten die Pest an Bord*“, beginnt van Meulen leise zu singen, worauf Blomendahl und Lundström sogleich einfallen.
„*In den Fässern, da faulte das Wasser und jeden Tag ging einer über Bord. Ahoi, Kameraden. Ahoi, Ahoi! Adieu, kleines Mädel!*“ An dieser Stelle drehen die drei sich um und winken ihrem Skipper, welcher soeben von dem Mann mit dem Handy in ein kleines Motorboot gehievt wird, ein allerletztes Mal zu.
Ihre Stimmen steigern sich nun bis zum Crescendo: „*Adieu, Adieu. Ja wenn das Schifferklavier an Bord erklingt, ja dann sind die Matrosen so still, ja so still. Weil dann jeder an seine Heimat nur denkt, die er gerne einmal wieder sehen will.*“.
Das allerletzte „*A-hoi!!!*“ brüllen sie mit aller Kraft heraus und recken dabei ihre Fäuste gen Himmel.
Dann drehen sie sich zueinander um, klatschen lächelnd ab.
Während die Kuh nun wieder gänzlich ungestört weitergrast, umfasst van Meulen das Steuer fest mit beiden Händen, nickt Blomendahl und Lundström zu, welche sogleich beginnen, auch die Fock aufzufieren. Und dann nimmt die *Amazone* unter vollen Segeln Kurs auf hinaus aufs freie unendlich weite offene Meer.

Danksagung

Madagaskar. Ein Segeldrama in dreizehn Akten hätte niemals entstehen können ohne die Inspiration der hier aufgeführten MusikerInnen und Unternehmen:

- Crosby Stills and Nash. *Wasted on the way.* 1982
- Neil Young. *Heart of Gold.* 1972
- Sebastian de Yradier. *La Paloma.* 1863
- Joseph B. Geoghegan. *The Banks Of Sacramento. Hamborger Veermaster (dt. Übersetzung).* 1778
- Deva Premal und Miten. *Om mani padme hum.* 2016
- Just Scheu. *Wir lagen vor Madagaskar.* 1934
- James Watson. *Auld long Syne. 1711*
- Richard Runciman Terry. *What shall we do with a drunken sailor.* 1891
- Flensburger Brauerei GmbH&Co.KG. Flensburg
- L'Oreal Group. Paris

Und natürlich Sonja Stratenwerth, die mit viel Akribie, Zeit und Segelverstand das Lektorat übernommen hat (sollten im Text noch Fehler zu finden sein, gehen die allein auf meine Kappe!).

Ihnen allen meinen herzlichsten Dank und natürlich immer ne Handbreit Wasser unterm Kiel .